采果集

［印度］泰戈尔 著

苇 欢 译

青海人民出版社

图书在版编目（CIP）数据

采果集 /（印）泰戈尔著；苇欢译 . -- 西宁：青海人民出版社, 2021.12
（泰戈尔的诗）
ISBN 978-7-225-06310-2

Ⅰ.①采… Ⅱ.①泰…②苇… Ⅲ.①诗集－印度－现代 Ⅳ.① I351.25

中国版本图书馆 CIP 数据核字 (2022) 第 049094 号

泰戈尔的诗
采果集
[印度] 泰戈尔 著
苇 欢 译

出 版 人	樊原成	
出版发行	青海人民出版社有限责任公司	
	西宁市五四西路71号 邮政编码：810023 电话：（0971）6143426（总编室）	
发行热线	（0971）6143516 / 6137730	
网 址	http://www.qhrmcbs.com	
印 刷	陕西龙山海天艺术印务有限公司	
经 销	新华书店	
开 本	787 mm × 1092 mm 1/32	
印 张	4.25	
字 数	80千	
插 页	6	
版 次	2022年5月第1版 2022年5月第1次印刷	
书 号	ISBN 978-7-225-06310-2	
定 价	36.00元	

版权所有 侵权必究

拉宾德拉纳特·泰戈尔（1861—1941）

印度世界级诗人，第一位获得诺贝尔文学奖的亚洲人。

代表作有《吉檀迦利》《园丁集》等。

苇欢,原名崔钰炜,生于 1983 年,诗人,译者。著有诗集《刺》,主要译著有《灵魂访客:狄金森诗歌精选集》《爱人:世界经典情诗 100 首》《鱼没有脚》和《孤独是迷人的》。现居珠海。

倾注心灵的深沉与高尚（译序）

应青海人民出版社的邀请，翻译泰戈尔的《园丁集》《采果集》和《流萤集》，深感荣幸。泰戈尔对中国读者来说意义非凡，他真正踏足过这片土地，在战争和殖民年代给予人们精神激励和现代文明启蒙，是带着文化亲切和情感温度的作家。老一辈翻译家冰心、郑振铎、汤永宽等都曾译介过泰戈尔的作品，他们在诗歌普及上的贡献不可磨灭。生活在物质丰盈的当下，人们的阅读环境、方式和趣味都在变化，经典译本的语言也存在陈旧和过时的问题。努力探索与开拓，为新千年的读者呈现更准确、更有活力和更具时代感的泰戈尔，对我们年轻译者来说是一种责任，更是一种追求。

泰戈尔的诗歌具有浓重的浪漫色彩，也渗透着人本主义精神，他轻灵玄妙的泛神论思想更为其诗增添了神秘感。《园丁集》在三本诗集中成书最早（1913年），关乎"爱与生命"，抒情性也是三者之中最强的。全书八十五首散文诗，首首像海绵，吸饱了情感，其中的浓烈与充沛、细腻和迂回令人惊叹。从现代读者的审美出发，过度抒情的文字往往不够简洁，所以我在翻译中更强调神韵，用语尽量精炼、紧凑，以展现诗的节奏和力量。谈及主题，《园丁集》也远不止对青春时期的爱情咏叹，泰戈尔书写了爱的层次与奥妙，但他笔下的爱既广博又深刻，歌颂的不仅是男女之情，还有生命的光辉、人与自然的平等、女性的力与美、故土深情，对真理、自由和智慧的追求，对战争的批判、对和平的向往！这样深沉与高尚的爱是有声的，仿佛鼓点在心头敲响，经久不息。"我要向你喑哑的心灵倾注我的歌，向你的爱倾注我的爱。我要以苦劳崇拜你。我曾见过你温柔的面庞，我爱你悲伤的尘土，大地母亲。"我在这几句诗中听见的不只是泰戈尔，还有艾青，这是多么伟大的合奏！

假如说《园丁集》凸显了泰戈尔的浪漫气质，那么在《采果集》（1916年）中，他更像一位哲人和思想者。《采果集》的语言相对质朴，感情却依然浓烈，饱含对存在、抉择与行动的思考。这种激情并不总是欢腾与乐观，其中也不乏愤懑、悲痛和孤独的谴责，我视之为写作和真实生活之间的互文关系，这也许和1916年前后，泰戈尔在家庭和社会生活中屡受重创有关，或是和他仁爱的天性有关，书中随处可见他的种种痛苦与矛盾。若是从宗教角度理解这本书也未尝不可，奇特之处在于诗人笔下的神没有具体形象，对神的吟咏更像一种自我诘问，也印证了诗人"人神合一"的观点，神恩等同于自我救赎。此外，泰戈尔也善于用象征对神进行投射，深夜出海的船夫和去往神殿祈祷的侍女何尝不是身处风暴中的诗人对真理的坚守？也许神就是真理。

写于20世纪20年代的《流萤集》虽然是一部短诗集，带给我的惊喜与震撼却也最大，我对它的喜爱甚至超越了诺奖作品《吉檀迦利》。书中二百五十七节小诗看似灵光乍现，或是随手从生活中摘取，却蕴含诗人高度浓缩的智慧和思想。《流萤集》不似《吉檀迦利》那样拥有宏大的主题，更加现实和接地气。向外，他展现了对爱、权力、神、孩子、劳作、游戏、回忆、生命、战争、人性、自然等的态度；向内，也表达了深度自省与思辨。《流萤集》的语言现代感很强，不囿于繁复的句式和拘谨的节律，精短凝练，直抵事物本质，爆发力强。

泰戈尔一改往日的多情和敏感，突然变得犀利、深刻，敢于对陈旧的秩序和传统价值观发出挑战。诗人立场鲜明，"世人内心冷漠，只知嘴上祝愿，这是一种暴行，让世界深受其害。"否认和批判只懂耍嘴皮，内心却极度冷漠的看客行为，如同鲁迅在《祝福》中的态度，本质上是警示和劝诫世人拿出血性，不再麻木。

寥寥数笔，难以呈现泰戈尔的精深与渊博，我感恩今天的自己能通过翻译这样庄严的方式跨越时空，与我尊崇的大师进行心灵的沟通。记得有一天，我正沉浸于翻译，大脑里跳出一个奇怪的念头，泰戈尔化身为金庸笔下的大师风清扬，倚在大石上，捋着胡子向我发问："你这小孩，译我的诗能行吗？"我当时愣住了，直到此刻才有答案，想必读者也会有自己的答案，我期待听见回声。

苇 欢

2022年3月28日于珠海

1

你若吩咐,我就去采果,
装满竹筐送去你的庭院,
有些果子丢了,有些尚未成熟。
季节因其丰盈变得沉重,
树荫下传来牧羊人哀怨的笛声。

你若吩咐,我就在河上扬起风帆。
三月躁动的风,将慵懒的海浪拨弄出杂音。
果园已献出它的一切,疲倦的黄昏时刻,
落日余晖中,
你岸边的房屋响起一声呼唤。

2

年少时,我的生命像一朵花——
一朵怒放的花,当春风来到她门前乞讨,
纵使散落一两片花瓣也不觉痛惜。
而今青春将近,我的生命如一颗果实,
再也匀不出什么,她在等待时机,
尽数献出自己甜蜜的重负。

3

夏日的盛会是否只为鲜花而生,
容不得枯叶与残红?
大海的歌声是否只和巨浪呼应?
而不与落潮和鸣?
我的国王站在缀满珠宝的地毯上,
却也有泥块等待他的双脚踏过。
我的大师身边鲜有智者与伟人,
可他却向愚夫敞开胸怀,
使我成为他永远的侍从。

4

我醒来,看见他的信,天也亮了。
我不知道信的内容,只因我不识字。
我将离去,留下智者独自看书,
不该打扰他,
谁又知道他能否读懂信里的话。

让我把它放在额上,贴在心上。
当夜深人静,星辰一颗颗浮现,
我会在膝上把信摊开,沉默不语。
窸窣的树叶会为我朗读,
奔流的溪水会为我吟咏,
七颗彗星会在天边向我高歌。
我找寻不到我所追求的,
也无法理解我该知晓的;
这封未读的信减轻了我的负担,
把我的思绪化作歌声。

5

一把尘土就能藏起你的记号,
当时我没有参透它的意义。
如今我更加睿智,
读懂了那些将它掩藏的一切。

它被画在花瓣上;
它在波浪的白沫上闪闪发光;
群山将它在峰巅高高托起。
从前我转过脸不看你,
这才误读了信的内容,
我并不了解它们的意义。

6

哪里有路,我便在哪里迷路。

宽阔的水上,碧蓝的空中,没有一丝轨迹。

飞鸟的羽翼,耀眼的星火,

四季更迭的繁花将道路遮掩。

我问自己的心,它的血液中是否流淌着

无形之路的智慧。

7

唉,我不能留在家里,家让我无家可归,
因为永恒的异乡人在呼唤,他正在行路。
他的脚步声敲打着我的胸膛;让我痛苦!
风起了,海在低吟。
我抛开一切忧虑与怀疑,
追随飘零的浪潮,因为异乡人呼唤着我,
他正在行路。

8

准备启程吧,我的心!
让那些必须逗留的人继续逗留。
因为晨空中传来一声呼唤,呼唤你的名字。
无所等待!

花蕾渴求黑夜与露珠,
怒放的花朵却呼唤光明的自由。
冲破你的鞘吧,我的心,勇往直前!

9

当我在储藏的珍宝中流连,
我感觉自己像一条蠕虫,
在黑暗中啃啮生养它的果实。
我要离开这座腐坏的监牢。
我不愿出没在这陈腐的寂静里,
因为我要去追寻永恒的青春;
我丢弃一切不与我的生命协和,
也不如我的笑声轻盈的东西。
我穿越时光,哦,我的心,
吟游的诗人在你的战车上舞蹈。

10

你握住我的手,将我拉到你身边,
让我坐在高椅上俯视众生,
直至我变得胆怯,无法动弹,无法行走;
每一步都伴着疑虑与争辩,
唯恐一脚踩上他们冷待的棘刺。

我终于自由了!
打击到来,侮辱的鼓声响起,
我的座椅被掀翻,跌落在尘埃里。
条条道路在我眼前敞开。

我的双翼胀满对天空的渴望。
我汇入午夜的流星,
一头扎进那深邃的阴影。
我像夏日里被风暴驱逐的云,抛掉金冠,
把雷霆悬挂在闪电之上,像一把利剑。

我带着狂喜奔跑在卑微之人
尘土飞扬的道路上；奔赴你最后的迎接。

离开子宫的孩子找到了母亲。
当我和你作别，被你逐出家门，
我才能自由地看见你的面容。

11

这条缀满珠宝的项链,它装扮我,
只是为了嘲弄我。
它在我的脖颈上留下瘀痕,
我想使劲把它扯下,它却又卡住我。
它掐紧我的喉咙,扼住我的歌声。

只要把它献给您,我的上帝,我就会得救。
拿走它,换一个花环,将你我束在一起,
只因我站在你面前,戴着这条珠宝项链,
感到羞愧难当。

12

亚穆纳河在山下远远地流动,
河水湍急而清澈,
河上高耸的堤岸不以为意。
群山环伺,密林重重,激流冲刷着崖壁,
留下累累伤痕。

戈文达,伟大的锡克教导师,
坐在山岩上读经,
这时他的门徒拉古纳特,一个恃富之人,
前来拜会,他躬身说道:"区区薄礼,
不成敬意。"

说着,他在导师面前拿出一对金镯,
镶满价格不菲的宝石。
大师拿起其中一只,绕着手指旋转,
钻石迸射出道道光芒。

而今青春将近，我的生命如一颗果实，再也匀不出什么，她在等待时机，尽数献出自己甜蜜的重负。

Now at the end of youth my life is like a fruit, having nothing to spare, and waiting to offer herself completely with her full burden of sweetness.

花蕾渴求黑夜与露珠，怒放的花朵却呼唤光明的自由。

The desire of the bud is for the night and dew, but the blown flower cries for the freedom of light.

突然，手镯从他手中滑脱，顺着河岸滚下，

落入水中。

"唉！"拉古纳特尖叫一声，跳进河里。

导师眼不离书，河水卷走它的意外所得，

继而滚滚流远。

暮色渐沉，浑身湿透的拉古纳特

回到导师身边，神色疲倦。

他喘息着说："您若能告诉我

手镯从哪里落下去，我还能把它找回。"

导师拿起另一只手镯，

扔进水里说："就在那里。"

13

行动是为每时每刻与你相遇,
我的旅伴!
歌唱是为了和着你的足音。
被你的呼吸触及的人
不会在堤岸的庇护下悄然溜走。
他无畏地扬起风帆,破浪前进。

敞开大门向前迈步的人会收到你的问候。
他必不会留在原地计量收获,哀叹损失;
他的心擂响前行的鼓声,
因为那是与你齐头并进的每一步,
我的旅伴!

14

我在这世间最好的部分,皆来自你的手:
这是你的承诺。
所以我晶莹的泪光皆是你的光辉。
我恐惧他人为我带路,生怕错过
在某个街角等待着为我引路的你。

我恣意地行走在路上,
用我的愚笨将你引到我的门前。
因为你向我承诺,我在这世间最好的部分,
皆来自你的手。

15

你的言语质朴无华,我的大师,
那些谈论你的人却非如此。
我能参透你群星的声响和你林木的沉寂。
我知道我的心会绽放如花;
我的生命已在一道隐泉中蓄满。

你的歌声像荒凉雪原的飞鸟,
展翅飞入我的心,依着四月的温暖筑巢,
我心满意足地等候快乐的时节。

16

他们知道路怎么走,便沿着狭窄的小巷
寻找你,而我在深夜四处游荡,
因为我懵懂无知。
我所经受的教育不足以让我在黑暗中
敬畏你,便在不知不觉中来到你的门前。
智者将我斥责,命我离开,
只因我并未缘路而来。
我带着疑虑走开,你却紧紧抓住我,
他们的责骂声一天比一天响亮。

17

我从房中拿出瓦灯,大声说:"来吧,
孩子们,让我照亮你们的路!"

夜色深重,我沿路走回,
把寂静归还给道路,我呼喊着:
"请为我照亮,哦,火焰!
我的瓦灯已经碎裂在尘土中!"

18

不：你没有能力催开花蕾。
任你如何摇动花蕾，将它击打；
你并不拥有让它绽放的能力。
你的触摸将它玷污，你撕碎朵朵花瓣，
把它们撒向尘土。
却不见色彩，不闻香气。
啊！你并不是让花蕾绽放的理由。

催开花蕾的人不费吹灰之力。
他只需望一眼，
生命的汁液就在脉管中翻涌。
他只需轻轻一吹，花朵便舒展羽翼，
在风里震颤。
色彩如心的渴望喷涌而出，
芬芳泄露了香甜的秘密。
催开花蕾的人不费吹灰之力。

19

寒冬的摧残后,园丁苏达斯从湖中摘下
最后一朵莲花,站在宫门外向国王兜售。
他在那里遇见一位旅人,向他发问:
"这朵仅剩的莲花价值多少,
——我要将它献给佛祖。"
苏达斯说:"只需一枚金马沙,
它就归你所有。"
旅人付了钱。

就在这时,国王走出来,想买下这朵花,
他正要前去拜见佛祖,他想:
"在佛的座前献上一朵冬日绽放的莲花
岂非美事一桩。"
听闻园丁收取了一枚金马沙,
国王愿意支付十枚,
而旅人欲以双倍价钱买下。

园丁起了贪念,幻想从佛祖那里

获取更大的利益,都是因为佛祖,

他们才争相出价。于是他躬身说:

"这莲花我不卖了。"

城墙外芒果林寂静的浓荫里,

苏达斯立于佛前,

佛祖的唇间栖息着爱的沉默,

双目闪烁着平和的光芒,

像露湿的秋日天上的晨星。

苏达斯望着佛祖的脸,把莲花置于佛座前,

伏地叩首。

佛祖笑问:"你有何心愿,我的孩子?"

苏达斯泣声说:"只要摸一摸您的双脚。"

20

让我做你的诗人,哦,黑夜,朦胧的夜!
曾有人经年累月枯坐在你的阴影中,
不言不语;让我唱出他们的歌。

请带我登上你无轮的战车,
在世界与世界之间悄然穿行,
你这时光之殿的女王,幽暗的美人!

多少满怀疑虑的人悄悄溜入你的庭院,
在你漆黑的房间里漫行,寻找答案。
多少心灵迸发出欢乐的圣歌,
未知者的双手射出喜悦之箭,将其穿透,
撼动黑暗的根基。
那些清醒的灵魂凝视着星光,
面对这突如其来的珍宝惊叹不已。

让我做他们的诗人,哦,黑夜,
做你深邃沉默的诗人。

21

有朝一日,我会遇见内心的生命,
和那隐藏在我生命中的喜悦,
尽管岁月空虚的尘埃扰乱了我的路。
我曾偶然与它相识,它时断时续的呼吸
扑面而来,给我的思绪留下片刻芬芳。
有朝一日,我会遇见身外的喜悦,
它栖身在光的帘幕背后——
我会在漫溢的孤独中站立,
在那里万物被造物者尽收眼底。

22

秋日的早晨因富足的阳光而疲倦,
倘若你的歌声断续而慵懒,
不妨把你的长笛给我。

我会随兴所至把玩它,
——时而放在膝上,时而用嘴唇轻触,
或是放在身边的草地上。

傍晚肃穆的寂静中,我要采来鲜花,
变成花环装点长笛,让它芬芳四溢;
我要在燃起的灯火里膜拜它。
夜深时分,我会来到你身边,归还长笛。
你会吹奏出午夜的乐曲,
当孤独的新月在群星之间徜徉。

23

诗人的心绪在生命之波上飘舞,
风与水的声音弥散其间。

夕阳西下,灰暗的天空向海面压来,
仿佛睫毛垂落在困倦的眼上,是时候了,
拿走他的笔,让他的思绪
沉入海底深处那沉默永恒的秘密中。

我问自己的心，它的血液中是否流淌着无形之路的智慧。

And I ask my heart if its blood carries the wisdom of the unseen way.

我像夏日里被风暴驱逐的云，抛掉金冠，把雷霆悬挂在闪电之上，像一把利剑。

I am like the storm-driven cloud of summer that, having cast off its crown of gold, hangs as a sword the thunderbolt upon a chain of lightning.

24

夜色深重,你在我静谧的存在中沉睡。
苏醒吧,哦,爱的痛苦,
只因我不知如何开启那扇门,
只好在门外伫立。

时光在等待,群星在守望,风静止了,
我心中的寂静重如千斤。
苏醒吧,爱,苏醒!将我的空杯斟满,
用一缕歌声将黑夜抚弄。

25

晨鸟在鸣唱。
破晓之前,他从何处得知曙光的讯息,
当夜龙仍用黑暗寒冷的利爪
将天空紧紧盘住?

告诉我,晨鸟,他怎样穿透
天空与树叶布下的双重黑夜,
进入你的梦,这来自东方的信使?
世界并不相信你的话,当你呼喊:
"太阳正在升起,黑夜已被驱散。"
哦,沉睡的人,苏醒吧!
露出你的额头,等待曙光的第一缕祝福,
用欢快的信念与晨鸟一同歌唱。

26

我心中的乞丐抬起瘦削的双手,
伸向没有星光的夜空,用饥饿的声音
在夜的耳畔呼唤。
他向无边的漆黑祈祷,黑暗就像神明,
在丧失希望的荒凉天堂里倒地不起。
欲望的呼唤绕着绝望的深渊打转,
像哀鸣的鸟在空巢之上盘旋。

然而当黎明在东方的天际抛下铁锚,
我心中的乞丐在欢呼雀跃:
"我多么幸运,这聋耳的黑夜
拒绝给我施舍——它的金库空空荡荡。"
他呼喊着:"哦,生命,哦,光明,
你如此珍贵!
我和你终将相识的喜悦如此珍贵!"

27

萨纳坦在恒河边数着念珠祷告,
一个身穿破衣的婆罗门走上前来,
对他说:"救救我吧,我很穷苦!"
"这钵盂是我仅剩之物,"萨纳坦说,
"我已倾尽所有。"
"可是湿婆神托梦给我,"婆罗门说,
"让我来找你。"
萨纳坦突然记起
自己曾在岸边的鹅卵石堆里
捡到一块贵重的宝石,
料想日后有人需要,
便把它埋藏在沙里。

他指指藏石的地点,婆罗门在疑惑中
把石头挖出来。
婆罗门坐在地上,独自陷入沉思,

直到太阳落下山林,牧人赶着牛群回家。

于是他起身,慢慢走到萨纳坦面前,说:
"大师,请赐予我一丁点财富,
它足以鄙弃世间的一切财富。"
说着,他便将宝石扔进水中。

28

我曾数次来到你的门前,高举双手,
向你乞求,以索取更多。
你一次次施与,有时从容度量,
有时极度慷慨。
我拿走一些,遗落一些;
分量沉重的被我托在手中;
还有一些成为我的玩物,
厌倦时被我打碎;
直到那些残片和你的礼赠越积越多,
遮住了你,还有那永无止境的期待,
让我耗尽心力。
拿走,哦,拿走——如今已化成我的呼喊。
摔碎那乞丐的盘中之物;
熄灭那纠缠不休的守望人的灯盏;
握住我的手,
将我从你日益堆积的礼赠中拉起,
进入你广阔无垠的存在。

29

你让我置身于失败者的行列。
我深知自己赢不了,也不能退出比赛。
无论如何,我要跳进池中,一沉到底。
我要参加这场失败的比赛。

我要押上全部身家,身无分文的时候,
我还能押上性命,
这样我便能在彻底的失败中取胜。

30

一阵欢笑洒满天际,当你为我的心
穿上陋衣,送她上路行乞。
她挨家挨户地讨要,许多次她的饭钵
就快装满,却遭到抢夺。

劳顿的一天后,她来到你的宫门外,
手里端着那可怜的饭钵,你向她走去,
拉起她的手,让她坐在你的王座边。

31

"你们之中有谁愿意布施行善,
救济饥民?"佛祖问弟子,
适逢饥荒肆虐舍卫城。
银行家拉特那卡低下头说:
"就算我倾尽所有,
也不足以养活这些饥民。"

王军的首领贾伊森说:"我愿意献出
我生命的血液,可家中却没有
足够的食粮。"

拥有良田万顷的达玛帕尔叹着气说:
"这干旱的魔鬼吸干了我的田地。
我连给国王上贡的法子都没有。"
这时,苏普丽娅站起来,她是乞士的女儿。
她向众人鞠躬,谦恭地说:

"让我来救济饥民吧。"

"啊!"他们惊呼一声。

"你拿什么履行承诺?"

"我是你们当中最穷苦的人,"
苏普丽娅说道,"这正是我的力量。
我的金库和储藏室都在你们家里。"

32

我不认识国王,当他向我索要贡品时,
我大胆地想藏起来,丢下未偿的债务。

我一再逃离白日的劳作,夜晚的梦境。
但他的索要无时无刻不在跟随我。
我这才知道他本就与我相识,
我没有属于自己的处所。

如今我愿将一切献于他座前,
以在他的王土上求取一席之地。

33

当我想塑造你,一个源于我生命的形象,
为世人崇拜,我便带来尘土、欲望
和我所有斑斓的幻想与梦想。
当我请你以我的生命塑造,
一个源于你内心的形象,为你所爱,
你便带来你的火焰、力量、真理、
美与和平。

34

"陛下，"仆人对国王说，
"圣人纳罗塔姆不愿俯就屈尊
到您的皇家寺院去。"
"他在大路边的树下高唱上帝的赞歌。
寺庙里拜神的人都走光了。"
"他们簇拥着他，像蜜蜂绕着白莲，
对金色的蜜罐视而不见。"

国王带着心里的恼怒去找纳罗塔姆，
他正坐在草地上。
他向他发问："父亲，您为何离开
我那金色穹顶的神庙，
偏要坐在门外的尘土中
宣讲上帝的仁爱？"
"因为上帝不在你的庙里居住。"
纳罗塔姆答道。

国王皱起眉头:"您可知
我一掷两千万黄金,打造这艺术的奇迹,
并伴以昂贵的仪式敬献给上帝?"

"是的,我知道,"纳拉塔姆回答。
"正是那年,你成千上万的子民房屋
被烧毁,他们徒然地站在你门前,
向你呼救。"
"上帝说:'这卑劣的家伙竟连自己的兄弟
也不收留,却要为我搭建庙宇!'"
于是他便与那些无家可归的人一同住在
路边的树下。
"那黄金泡沫里除了些傲慢的蒸汽,
空无一物。"

国王怒喝:"滚出我的国土。"
圣人平静地说:"是的,请把我
放逐到你放逐我的上帝的地方去。"

35

号角半掩在尘土中。
风已疲倦,光已熄灭。
啊,苦难的一天!
来吧,战士,请举起你们的旗帜,歌者,
请唱响你们的战歌!
来吧,前行的朝圣者,请快步踏上征途!
号角半掩在尘土中,等待我们。

我带着晚祷的祭品走向神庙,
饱尝一整日的辛劳,我想寻一处地方
歇歇脚:我期盼浑身的伤痛能被治愈,
衣上的污迹能被洗去,就在这时,
我看见你的号角半掩在尘土中。
若不在此时点亮晚灯,更待何时?
难道黑夜还没向群星唱起摇篮曲?
哦,你这血红的玫瑰,我睡梦中的罂粟

敞开大门向前迈步的人会收到你的问候。他必不会留在原地计量收获，哀叹损失。

He who throws his doors open and steps onward receives your greeting. He does not stay to count his gain or to mourn his loss.

催开花蕾的人不费吹灰之力。他只需望一眼,生命的汁液就在脉管中翻涌。

He who can open the bud does it so simply. He gives it a glance, and the life-sap stirs through its veins.

已经苍白凋落!

我确信我的流浪已经结束,我的债务

已经还清,就在我忽然看见

你那尘土中的号角时。

用你青春的咒语敲击我沉寂的心灵!

且让我生命中的喜悦熊熊燃烧。

让觉醒之光飞越黑夜的心,

让盲目与麻痹在恐惧中颤抖。

我已到来,从尘土中捡起号角。

我不再沉睡——我要在枪林箭雨中穿行。

有人会跑出家门,与我并肩而行——

有人会掩面而泣。

有人会在床上辗转难眠,在噩梦中悲吟。

因为今夜你的号角将要吹响。

我向你寻求宁静,却遭到羞辱。

此刻我站在你面前——请帮我披上盔甲!

让烦恼的重击在我生命中锤炼出烈焰。

让我的心在痛苦中擂响你胜利的鼓声。

我两手空空,举起你的号角。

36

当他们在狂喜中扬起灰尘,玷污你的衣袍,
哦,美丽的神,这真令我痛心。
我向你呼喊:"拿起你责罚的权杖,
审判他们。"
晨光映照着那些眼睛,
在黑夜的狂欢里熬得通红;
盛开的百合迎接他们灼热的呼吸;
群星透过深邃神圣的黑暗
凝视他们的欢宴——
凝视着那些扬起灰尘玷污你衣袍的人,哦,
美丽的神!
你的审判席在花园里,在春日的鸟鸣中:
在阴凉的河岸边,
那里树木低声回应波浪的呢喃。

哦,我的爱人,他们沉湎于激情,毫无怜悯。

他们在黑暗里潜行,夺去你的饰物,
装点自己的欲望。
当他们对你拳打脚踢,使你痛苦,
我的要害也被触及,我向你哀求:
"拿起你的剑,哦,我的爱人,
审判他们!"
啊,你的公正却怀着警惕。
一位母亲把眼泪洒在他们的傲慢之上;
一个爱人不灭的信仰将反抗的长矛
藏进自己的伤口。
你的审判在无眠的爱人无声的痛苦中,
在忠贞者脸上的红晕里,在孤凄之人
长夜的泪水中,在晨曦苍白的宽恕里。

哦,令人恐惧的神,
深夜他们带着放肆的贪婪翻门而入,
闯进你的宝库,大肆抢夺。
他们的战利品不断累积,越发沉重,

他们难以负荷,寸步难行。

于是我向你哀求,宽恕他们,哦,

令人恐惧的神!

你的宽恕暴风骤雨般将他们打倒,

赃物散落在飞扬的尘埃里。

你的宽恕是坠落的雷石,

是从天而降的血雨,是落日火红的愤怒。

37

佛祖的弟子乌帕古普塔
躺在马图拉的城墙边睡得正香。
灯火都已熄灭,门庭紧锁,
群星隐藏在八月昏暗的天空下。
那是谁的双脚,戴着脚链,行走时
叮当作响,突然触碰了他的胸膛?
他猛然惊醒,一个女人手持灯火,
照着他仁慈的眼睛。
那位舞娘,华冠珠衣,披着淡蓝色斗篷,
沉醉在青春的美酒中。

她把灯火凑近,望着那张年轻俊美的脸庞。
"原谅我,年轻的苦行僧,"女人说:
"如蒙光临寒舍,不胜欣喜。
灰扑扑的地面可没法睡觉。"
僧人回答:"你这女子,不必理会我;

待时机成熟,我自会前往。"

天空突然划过一道闪电,现出黑夜的牙齿。
风暴从天边呼啸而来,女人在恐惧中颤抖。
……

路旁的花枝因绽放而疼痛。
远处传来欢快的笛音,
在春天温暖的空气中飘荡。
人们纷纷走进森林,庆祝花的盛会。
一轮满月在半空中凝望城镇寂静的影子。
年轻的苦行僧走上孤寂的街头,
半空中相思的噪鹃在芒果枝头
急促地啼唤,声声都是无眠的悲叹。
乌帕古普塔穿过城门,在城墙脚下驻足。
是什么女人躺在他脚下城墙的阴影中,
饱受黑色瘟疫的折磨,浑身布满疮疤,
被人匆匆驱赶出城?

苦行僧坐在她身边,抱起她的头放在膝上,
用水润湿她的嘴唇,
用香脂油涂抹她的身体。
"你是谁,对我大发慈悲?"女人问。
"到了探望你的时候,所以我来了。"
年轻的苦行僧答道。

38

你我之间绝非轻佻之爱,我的爱人。
暴风雨夜呼啸着,一次又一次地向我袭来,
吹熄我的灯火:黑暗的疑虑从四方汇集,
遮住我天空中的繁星。

河水一次又一次决堤,洪流卷走我的收成,
哀号和绝望划破长空。
我幡然醒悟,你的爱饱含痛苦的打击,
绝非死亡的冷漠。

39

墙被砸裂,光明如神圣的笑声涌入。

胜利,哦,光明!

黑色的心被刺穿!

用你明晃晃的利剑

把纠缠的疑虑和微弱的欲望一分为二!

胜利!

来吧,不可阻挡!

来吧,这圣洁得令人畏惧的你。

哦,光明,你的鼓声在火焰的行进中响起,

红色火炬高高举起;

死亡在光辉的迸发中消逝!

40

哦,火焰,我的兄弟,我要向你歌唱胜利。
你是可怕的自由那鲜红的形象。
你在空中挥舞手臂,
你迅疾的手指从琴弦上飞掠而过,
你的舞曲美妙动人。

当我大限到来,大门敞开之时,
你将缚住我手足的绳索烧成灰烬。
我的身躯与你合一,
心灵陷入你狂热的旋转,
我生命的炙热光芒闪烁,
继而融入你的火焰。

41

船夫在黑夜汹涌的大海上航行。
猛烈的风涨满船帆,桅杆因而痛苦。
天空被夜的毒牙咬伤,身中黑色恐惧之毒,
跌落在大海上。
波浪冲击着无形的黑暗,
船夫正在汹涌的大海上航行。

船夫出海了,突然升起的白帆将黑夜惊扰,
我不知道他要奔赴谁的约会。
我不知道他最终会在何处靠岸,
走进亮着灯火,寂静的庭院,
但见她坐在尘埃中等待。
是怎样的索求让他的船无惧风暴与黑暗?
它载满宝石与珍珠吗?
啊,不,船夫有的不是珍宝,
而是手中一朵洁白的玫瑰,

和唇畔的歌谣。

是为黑夜里独守灯火的她而吟唱。

她就在路旁的小屋里居住。

她的云发在风中飞舞,遮住她的双眼。

风暴尖叫着穿过她的残门,

瓦灯里摇曳的烛火在墙上投下阴影。

她在呼啸的风声里听见他在呼唤她,

不为人知的她。

船夫出海已经很久了。时辰尚早,

天还没破晓,于是他敲敲门。

鼓声不会再敲响,没有人知道。

只有光明充满整座房屋,尘土得到福佑,

心灵雀跃不已。

等船夫上岸,所有疑虑都将在寂静中消散。

42

我紧紧攀附这只鲜活的船筏,我的身躯,
漂泊在我俗世生活狭窄的溪流上。
当我渡过小溪,便起身离开。之后呢?
我不知道彼处的光明是否同于黑暗。

未知是永恒的自由:
他的爱毫无怜悯。
珍珠在黑暗的监牢里寂然无声,
为了得到珍珠,他砸碎贝壳。

你为过往的岁月沉思和哭泣,可怜的心!
为可期的未来欢悦吧!
时钟已经敲响,朝圣的人啊!
是时候启程告别了!
他将再次现出真容,与你相见。

43

国王宾比萨尔为佛祖的舍利
修建了一座神殿,
用白色大理石表达敬意。
夜晚王室所有的女眷
都会来这里献花点灯。

当王子继承了王位,
他用鲜血洗去父亲的信仰,
用圣书燃起祭火。

秋日即将消逝。
晚祷的时辰近了。
王后的侍女什里玛提,虔心礼佛,
以圣水沐浴,用明灯和新摘的白花
摆满金盘,她悄悄抬起乌黑的眼睛,
望着王后的脸。

我要押上全部身家,身无分文的时候,我还能押上性命,这样我便能在彻底的失败中取胜。

I shall stake all I have and when I lose my last penny I shall stake myself, and then I think I shall have won through my utter defeat.

觉醒之光飞越黑夜的心,让盲目与麻痹在恐惧中颤抖。

Let the shafts of awakening fly through the heart of night, and a thrill of dread shake blindness and palsy.

王后因为恐惧浑身发抖,她说:

"你难道不知,傻姑娘,无论是谁,

只要前去佛祖的神殿敬拜,

就会被处死?"

"这是国王的旨意。"

什里玛提向王后鞠躬,转身退下,

接着来到阿米塔面前,她是王子的新娘。

新婚的新娘膝上放着一面铮亮的金镜,

她把乌黑的长发结成发辫,

在发缝间点上吉祥的红痣。

当她看见年轻的女仆,抖动着双手大喊:

"你要给我惹来多大的祸事!

立即退下。"

舒克拉公主坐在窗前,伴着落日的余晖,

阅读爱情故事。

当她看见手托圣物的女仆站在门口,

大吃一惊。

她的书本从膝盖上掉落,

贴着什里玛提的耳朵低语:"别去送死,

你这大胆的姑娘!"

什里玛提挨家挨户地奔走。

她扬起头大喊:"王室的女眷啊,

快些来吧!向神礼拜的时辰到了!"

有人当面把她拒于门外,

有人对她连声斥责。

最后一缕日光

消失在宫殿塔楼的青铜穹顶上。

深影笼罩着街角;城市的喧嚣静止了;

湿婆庙里传出的锣音宣告晚祷开始。

漆黑的秋夜,深邃如澄澈的湖水,

繁星点点,御花园的守卫透过树丛

看见佛的神殿前燃起一排灯火,

大吃一惊。

他们拔剑奔去,大喝道:"你是何人,

竟如此愚蠢，敢来找死？"

"我是什里玛提，"一个甜美的声音答道，
"佛祖的仆人。"
紧接着，血从她的心脏涌出，
染红冰冷的大理石。
群星寂然无声，
神殿前最后一盏祭灯熄灭了。

44

你我之间的白昼最后一次鞠躬告别。
黑夜用面纱遮住脸庞,
也遮住我房中那一盏燃烧的灯火。

你黑暗的仆人悄无声息地到来,
为你铺好新娘的红毯,
让你在静默中与我独坐,直到长夜将尽。

45

我的黑夜在忧伤的床铺上逝去,
我的双眼也困倦不已。
我沉重的心
尚未准备好迎接黎明那充盈的欢乐。

让面纱遮住这道明光,
把这耀眼的光辉与生命的舞蹈
从我身边唤去。
让那温柔黑暗的斗篷用褶皱把我覆盖,
也给我的痛苦以片刻遮蔽,
远离尘世的压力。

46

当我得到一切,想要报答她,时机已过。
她的黑夜迎来曙光,你将她搂入怀中:
我把我的感激和原本为她准备的礼物
带给你。
我乞求你的宽恕,
为她经受的所有伤害与冒犯。
我把我爱的花朵敬献给你,
那时它们尚在蓓蕾之中,
她曾等待着花开。

47

我发现几封旧日的书信,
被她小心藏在盒里——几件小玩意儿,
供她的记忆玩耍。
她带着一颗羞怯的心,
试图从时光的洪流中窃取这些零碎,
她说:"这些东西只属于我!"

啊,如今无人认领这些书信,
谁又能满怀爱意付出代价,
它们至今还留在这里。
这世上诚然还有爱拯救她,
不至于让她一无所有,如同她的爱,
深情地珍存这些书信。

48

请把美与秩序带进我孤独的生活吧,女人,
正如你在世的时候,把它们带进我的家。
扫去时光落满尘埃的碎片,
把空空的水罐注满,
把疏于料理的一切修补完好。
然后打开神殿的幽门,燃起烛火,
让我们在神的面前悄然相遇。

49

调弦的时候,疼痛竟如此剧烈,我的大师!
弹奏你的音乐吧,让我忘记疼痛;
让我在美中感受无情的岁月中
你的所思所想。

残夜在我门前徘徊,且让她在歌声中告别。
请把你的心注入我生命的琴弦,我的大师,
伴着来自你的星辰的乐曲。

50

闪电的一瞬,我在我的生命中
看见你创造的浩瀚——
历经死生轮回,从一界到另一界的创造。

我因自己的渺小而哭泣,
当我看见我的生命
被毫无意义的时刻主宰——
可当我看见它被你掌握,
我便懂得它的珍贵,
绝不能在暗处肆意挥霍。

51

我知道某一天,在苍茫的暮色里,

太阳会和我告别。

牧羊人会在菩提树下吹起笛子,

牛羊在河畔的山坡上吃草,

而我的岁月将步入黑暗。

这是我的祈祷,好让我在离别前

知道大地为何呼唤我,奔向她的怀抱。

她黑夜的寂静为何化作星语向我诉说,

她的白昼为何用亲吻把我的思绪

化作花朵。

在离去之前,愿我能再回味我最后的咏叹,

一曲唱尽,愿灯火燃起,照亮你的脸庞,

愿编好的花环为你加冕。

52

是什么样的音乐
让世界跟随它的节奏摇动?
当它在生命的巅峰奏响,我们欢笑,
当它回归黑暗,我们因恐惧而退缩。
但这场演奏却从未改变,
伴着永不休止的音乐节奏起起伏伏。

你将珍宝藏进手掌,我们被洗劫一空,
大声痛哭。
然而当你随意摊开手掌又合起,
得与失并无差别。
在你和自己的游戏里,你既输又赢。

53

我用我的双眼和四肢亲吻这个世界；
我在心中将它层层包覆；
我用思想充满每一个昼夜，
直到世界和我的生命融为一体，
——我热爱生命，因为
我爱这与我难解难分的天空的光明。

假如离开这个世界
如同热爱它一样真实——
那么生命的相遇和别离自有其意义。
假如那份热爱会被死亡欺骗，
欺骗的毒瘤必将侵蚀一切，
群星也会枯萎，黯然无光。

54

云对我说:"我就要离去。"

夜说:"我就要投入炽热的黎明。"

疼痛说:"我将沉默不语,就像他的足迹。"

"我将在圆满中死去。"我的生命对我说。

大地说:"我的光芒

无时无刻不在亲吻你的思想。"

"逝者如斯夫,"爱说,"但我在等待你。"

死亡说:"我乘着你的生命之舟,

漂洋过海。"

55

诗人图尔西达斯在恒河岸边徘徊,
就在他们焚化死者的荒凉之地,
陷入沉思。
他看见一个女人坐在她死去的丈夫脚边,
身着华服,仿佛出嫁。
她看见他便站起身来,向他鞠躬说道:
"请允许我,大师,带着您的祝福,
随我的丈夫到天国去。"
"何必急于一时,我的孩子?"
图尔西达斯问道。"上帝创造了天国,
不是也拥有大地吗?"
"我期盼的不是天国,"女人说,
"而是我的丈夫。"
图尔西达斯笑着对她说:"回家去吧,
我的孩子。不等这个月结束,
你就会找到你的丈夫。"

哦，光明，你的鼓声在火焰的行进中响起，红色火炬高高举起；死亡在光辉的迸发中消逝！

O Light, your drum sounds in the march of fire, and the red torch is held on high; death dies in a burst of splendour!

我紧紧攀附这只鲜活的船筏,我的身躯,漂泊在我俗世生活狭窄的溪流上。

I cling to this living raft, my body, in the narrow stream of my earthly years.

女人满怀喜悦地回家。

图尔西达斯每日都来拜访她,

用崇高的思想引她思考,

直到她的内心充满神圣的爱。

月末刚过,邻居就上门问她:"女人,

你找到你的丈夫没有?"

寡妇笑着说:"找到了。"

他们急忙问道:"他在哪里?"

"我的丈夫在我心里,我们是一体。"

女人说。

56

你曾一度来到我的身边,
用女性伟大的神秘触摸我,
那神秘居于造物的中央。

她还不尽上帝用之不竭的甜蜜;
她将永葆清新的美丽与青春;
她在潺潺溪流中起舞,在晨曦里吟唱;
她用起伏的波涛哺育干渴的大地;
永恒太一在她体内带着喜悦一分为二,
这喜悦难以遏制,在爱的痛苦中满溢。

57

那个住在我内心深处,
始终孤苦无依的女人是谁?
我向她求爱,却不曾赢得她的芳心。
我用花环装扮她,为她唱起赞美。
一丝微笑在她脸上闪过,转瞬即逝。
"你无法让我快乐。"她喊道,
这个忧愁的女人。

我为她买下镶满珠宝的脚镯,
用嵌着宝石的扇子为她扇风;
还为她架好一张黄金的床铺。
一丝喜悦在她眼中闪过,继而熄灭。
"我不中意这些。"她喊道,
这个忧愁的女人。

我让她坐进凯旋的战车,

载她游遍天涯海角。

臣服的人们拜倒在她脚下，

阵阵欢呼在天边回响。

骄傲的神色在她眼中闪过，

继而化作黯淡的眼泪。

"我不喜欢征服。"她喊道，

这个忧愁的女人。

我问她："你究竟在寻找谁？"

她只是说："我等待的人不知姓名。"

日复一日，她在呼喊：

"我的爱人何时到来？

我不知道他是谁，却又永远知道他。"

58

从黑暗中迸发的光明属于你,

在斗争中碎裂的心的萌芽属于你。

向世界敞开大门的房屋属于你,

向战场发出召唤的爱属于你。

当一切遭蒙损失,

却仍有所得的礼物属于你,

从死神的深穴中

穿流而过的生命属于你。

在凡尘中存在的天堂属于你,

而你为我存在,为众生存在。

59

当我苦苦承受旅途的辛劳
和暑热天里的阵阵渴意；
当幽灵般的黄昏用阴影笼罩我的生命，
我所呼唤的不仅是你的声音，
我的朋友，还有你的抚慰。

我心中藏着莫大的痛苦，
因为它沉重的财富无法给予你。
在黑夜里伸出你的手，让我握住它，
填满它，拥有它；
让我在漫长的孤独中感受它的抚慰。

60

芬芳在蓓蕾中呼喊:"啊,白昼就要离去,
这快乐的春日,我是花瓣的囚徒!"
不要灰心,怯懦的家伙!
你的桎梏就要撑破,蓓蕾就要绽放成花,
就算你在生命的丰满中死去,
春天也将延续。

芬芳在蓓蕾中急促地颤动,大声喊道:
"啊,白昼一去不返,我却不知飘向何处,
寻找什么!"
不要灰心,怯懦的家伙!
春风偶然听见你的愿望,不等白昼消逝,
你就会实现生存的意义。

黑暗即将来临,芬芳在绝望中呼喊:
"啊,我的生命如此微不足道,

究竟是谁的过错?"

"谁能告诉我,我因何存在?"不要灰心,

怯懦的家伙!完美的黎明就要到来,

你的生命将与万物交融,

你终会领悟生存的意义。

61

她仍是孩子,我的主人。

她在你的宫殿里四处乱跑,玩闹嬉戏,

还想把你变成一个玩具。

她并不在意散落的头发和在地上拖拽的

漫不经心的外衣。

当你对她说话,她睡熟了,

没有作声——清晨你送她的花朵

从她手中滑落到地上。

当暴风雨降临,黑暗笼罩着天空,

她睡意全无;她的布娃娃散落在地上,

她在恐惧中紧贴着你。

她生怕自己无法侍奉你。

可你却微笑着看她玩耍。

你了解她。

此刻坐在地上的孩子

是你命中注定的新娘;

她的游戏将会停息,继而深化成爱。

62

"哦,太阳,除了天空,
还有什么能容纳你的形象?"

"我梦见你,却不敢奢求能为你效劳,"
露珠哭着说,"我太过渺小,
无法承载你,伟大的主人,
我的生命充满泪水。"
"我照亮无垠的天空,
却能对一颗细小的露珠低头,"
太阳如是回答,
"我会化作一缕光芒充盈着你,
让你微小的生命变成欢笑的星球。"

63

我不需要那不懂克制的爱,
仿佛泛着泡沫的酒从杯中溢出,
顷刻化为乌有。

赐予我一种爱,它像你的雨水清凉而纯洁,
降福于干渴的大地,注满家中的水罐。

赐予我一种爱,它浸透我身心深处,
像无形的汁液漫流过生命的繁树,
使之开花结果。

赐予我一种爱,因和平的完满心如止水。

64

太阳在密林间一条小河的西岸落下。

年轻的隐士们赶着牛群回家,
围坐在篝火旁,倾听大师乔达摩讲经。
就在这时,一个陌生的少年走来,
献上水果和鲜花以示致意,伏下身
深深地鞠躬,用鸟鸣般的声音说——
"大师,我来拜见您,
请求您带我走上至高真理之路。"
"我的名字是释迦卡马。"
"愿神降福于你,"大师说。
"你出身于哪个氏族,我的孩子?
只有婆罗门拥有追求无上智慧的资格。"
"大师,"少年答道,
"我不知道我属于哪个氏族。
我要去问我的母亲。"

说着,释迦卡马便起身告别,涉过小溪,
回到他母亲的小屋,
就在那沉睡的村落边
一片荒凉沙地的尽头。
房中灯火黯淡,母亲倚在门边,
在暮色中等待儿子归来。

她把他搂在怀里,亲吻他的头发,
询问着他与大师的会面。
"我父亲叫什么名字,亲爱的母亲?"
少年问道。
"乔达摩大师告诉我,
只有婆罗门拥有追求无上智慧的资格。"
那妇人垂下眼睛,低声说:
"我年轻时生活穷困,侍奉过很多老爷。
你的确来到了你母亲贾巴拉的怀里,
亲爱的孩子,可她没有丈夫。"

晶莹的晨光洒落在林间修道院的树梢上。

大师当前,众弟子坐在古树下,

晨浴过后,他们的头发蓬乱而湿润。

释迦卡马向他们走来。

他躬下身,伏在圣人脚边,

再默默起身站立。

"告诉我,"伟大的导师向他发问,

"你属于哪个氏族?"

"大师,"少年回答,"我不知道。

当我向母亲询问,她告诉我,

'我年轻时曾侍奉过许多老爷,

你的确来到了你母亲贾巴拉的怀里,

可她没有丈夫。'"

人群中响起一阵低语,仿佛被惊扰的蜜蜂

在蜂巢中发出愤怒的嗡鸣;

众弟子低声议论着眼前这个弃儿

言语中无耻的狂妄。

大师乔达摩从座位上起身,伸出双臂,

把这少年揽入怀中,说道:

"你是最好的婆罗门,我的孩子。

你拥有真理最高贵的传承。"

请把美与秩序带进我孤独的生活吧,女人,正如你在世的时候,把它们带进我的家。

Bring beauty and order into my forlorn life, woman, as you brought them into my house when you lived.

我不需要那不懂克制的爱，仿佛泛着泡沫的酒从杯中溢出，顷刻化为乌有。

Not for me is the love that knows no restraint, but like the foaming wine that having burst its vessel in a moment would run to waste.

65

也许这座城中有一座房屋,
经过清晨朝阳的抚慰,
它的大门永远敞开,完成光明的使命。
也许就在今晨,有一个人在篱边,
在花园中盛开的花丛间,
找到了来自无尽岁月的馈赠。

66

听吧,我的心,
他悠扬的笛声中有野花的芬香,
莹亮的草叶,粼粼的清泉,
还有树荫里轻轻振翅的蜜蜂。

这笛声从友人的唇间偷走微笑,
继而播撒在我的生命之上。

67

你总是独自伫立在我的歌声之外。

我用婉转的曲调濯洗你的双足,

我却不知该怎样将它们触碰。

你我之间这一场戏,是远方的一场戏。

是我用笛子吹奏的乐曲,

交融着离别的苦痛。

我等待那一刻,当你渡船来到我的岸边,

用双手接过我的笛子。

68

今晨我的心窗突然打开,和你的心灵对望。
我惊讶地看见你所知晓的我的姓名
写在四月的花叶上,
于是我在沉默中凝坐。

帘幕时而被吹开,在你我的歌声中飘荡。
我看见你的晨光充满我从未唱出的
无声的歌;
我定要伏在你的脚边学习——
于是我在沉默中凝坐。

69

你在我的心灵中央,当她彷徨无依的时候,
才无法将你寻觅;你避开我的爱与希望,
直到最后,
因为它们是你永远的栖身之所。

当我游戏青春,你是我深心的喜悦,
当我耽于玩乐,喜悦便与我擦身而过。
当我在生命的狂喜中沉醉,
你向我报之以歌,我却忘了为你歌唱。

70

当你将灯盏高高举起,
它的光芒投射在我脸上,
影子落在你身上。

当我把爱之灯放在心间,
它的光芒投射在你身上,
而我却远远站在阴影中。

71

啊，海浪，这吞噬天空的海浪，熠熠生光，
与生命共舞，这回旋着欢乐的海浪，
永远奔流不息。

群星在浪涛之上摇摆，
每一种色彩的思想
从夜空深处迸射而出，
播撒在生命的海滩上。
生与死随它们的节奏而起伏，
我心中的海鸥展开双翅，
发出快乐的鸣叫。

72

喜悦从四面八方汇集,塑造我的身躯。

天空的光芒不断亲吻着她,直至她苏醒。

夏日匆匆,繁花在她的呼吸中轻叹,

风声和水音在她的行步中歌唱。

云中和林间缤纷的色彩

浪潮般澎湃地涌入她的生命,

万物的乐声将她的四肢爱抚,

令她身姿绰约。

她是我的新娘,

——她已在我的房中点亮灯火。

73

春天携着它的绿叶和繁花进入我的身体。
蜜蜂嗡唱一整个上午,
慵懒的风和树影相互嬉闹。

甜蜜的泉水从我的深心中涌出。
我的双眼被欢愉洗得清亮,
像浴着露水的清晨,
生命在我体内颤抖不已,
像琵琶被拨响的音弦。

你是否正独自徘徊在我的生命之岸,
那里是否奔涌着潮水,
我无尽岁月的爱人?
我的梦是否像飞蛾一样
扑着多彩的翅膀将你围绕?
那是否是你的歌声,

回荡在我生命黑暗的屋檐下?

今日除了你,又有谁听见
忙碌的时光在我的血脉中嗡嗡作响,
欢快的步伐在我的胸腔里舞动,
躁动的生命在我体内振翅欲飞,
喧嚷不止?

74

我斩断束缚,还清债务,推开大门,
自由来去。

他们蜷缩在角落里,用苍白的时光结网,
他们坐在尘埃中清数硬币,呼唤我回来。

我却已仗剑在手,披甲加身,腾上马背,
快意驰骋。
我将赢得我的王国。

75

我带着一声哭号来到你的大地,赤裸身体,
没有姓名,才不过几日光景。
而今我的声音变得欢悦,而你,我的主,
却退避一旁,给予我空间,
充盈我的生命。

即使我为你献上我的歌,
也仍然暗自期待人们到来,
并且因为我的歌而爱我。
你会欣然发觉
我热爱你带我降临的这个世界。

76

我曾胆怯地蜷缩在安全的荫佑下,
而此刻喜悦汹涌而来,
将我的心推上浪尖,
我的心紧紧攀住它烦恼的礁岩。
我在屋角独坐,思忖着房间狭小,
难以待客,
而此刻当不请自来的欢乐
猛然推开大门,我看见它竟如此宽敞,
足以容纳你,容纳整个世界。

我踮起脚尖行走,仪容端庄,身披华服,
香气四散——
而此刻当快乐的旋风将我刮倒在地,
我大笑着在你脚边翻滚,孩子一样。

77

这个世界曾一度属于你,永远属于你。
正因为你无欲无求,我的国王,
你并不恃财而喜。
仿佛它虚如无物。
于是你慢慢赠予我你的所有,
不断从我身上赢走你的王土。
日复一日,你从我心里买走日出,
你会发现你的爱
早已镌刻成我生命的形象。

78

你为群鸟献歌,群鸟必然报之以歌。
你只把声音给了我,却有更多所求,
我唯有歌唱。

你让你的风轻盈,它们便成为你的舰队,
为你效命。你给我的双手施以重量,
却能由我自己卸下负担,我终会因为
效劳于你,获得无忧无虑的自由。
你创造你的大地,用光明的碎片
填满它的阴影。
可你却在中途停下;把我两手空空
留在尘世间,去创造你的天堂。
你对万物施予;却向我索求。
我生命的收获在阳光和雨露中成熟,
直到我的收成比你的播种更丰硕,
你的心因此雀跃,哦,金色谷仓的主人!

79

让我祈祷自己临危不惧,绝非退避三舍。

让我请求心灵去征服痛苦,绝非一时安抚。

让我寻找自我的力量,

绝非人生战场上的盟友。

让我耐心赢得我的自由,

绝非在忧虑和恐惧中渴望拯救。

唯愿我不是一个懦夫,

在成功之际独自感受你的仁慈;

而当我遭遇失败,

请让我牢牢抓住你的手。

80

当你独居的时候,你并不了解自己,
当风从这里吹向远方的岸,
听不见使命的呼唤。

我的到来让你苏醒,天空绽放出光明之花。
你让我以群花的娇容盛开;
你用多样的摇篮把我轻摇;
你将我在死亡中藏匿,
又在生命中把我找回。

我的到来让你心旌摇荡,悲喜交至。
你的抚摸让我颤抖不已,爱意盈然。

而我的双眼仍然笼罩着一抹羞愧,
我的胸口仍然闪烁着一丝恐惧;
我的脸蒙着面纱,看不见你的时候,

便忍不住悲泣。

我依然知道你心中无尽地渴望见我一面,
那种渴望在我门前呼唤,
不断用日出叩响大门。

81

你,永恒地守望着,倾听我渐近的足音,
你的喜悦在晨曦中汇集,
在迸发的光明中释放。
我越是向你靠近,
大海狂舞的热情就越高涨。

你的世界是一道四散的光束,
充满你的双手,
你的天堂却居于我隐秘的内心;
它怀着羞涩的爱,缓缓张开蓓蕾。

82

我独坐在默想的阴影中,
我要呼喊你的姓名。

我要无言地呼喊,毫无目的地呼喊。

因为我就像一个孩子,
无数次地呼喊着母亲,
并为自己喊出"母亲"而感到欣喜。

83

I

我感觉满天星辉将我照耀。
世界洪流一般涌入我的生命。
繁花在我身体里绽放。
土地和江海献出全部生机,
如同焚香在我心底弥漫;
万物的呼吸像一支长笛
在我的脑海中吹奏。

II

当世界沉睡,我来到你门前。
星辰静默无声,我不敢歌唱。
我守候着,直到你的身影
经过铺满夜色的阳台,
我才心满意足地走回。
清晨我又在路边唱起歌谣;
篱上的花朵给我回应,

清晨的空气仔细聆听,

路上的旅人突然驻足,望着我,

以为是我在呼唤他们的姓名。

III

让我驻守在你门前,满足你的心愿,

让我在你的王国信步而行,

接受你的呼召。

别让我沉沦,继而消逝在颓丧的深渊。

别让我的生命挥霍无度,

在穷乏中化成碎片。

别让疑虑将我四面围堵,

——那令人心烦意乱的尘埃。

别让我在条条道路上奔走,

去追逐纷繁的事物。

别让我的心为众人的意志所奴役。

让我带着为你效命的勇气和骄傲,

高高昂起头颅。

84

桨手

你们可曾听见远方死神的喧嚣,
那来自火海和毒云中的呼召
——船长召唤着舵手,
命他将船驶向一片无名的海岸,
因为那段时光已经度过——
在港口停滞的时光——
在那里,同样的旧物永无止境地售卖着,
在那里,朽烂之物飘荡在
真理竭尽后的空乏之中。

他们在突如其来的恐惧中惊醒,问道:
"伙伴们,现在是什么时辰?
黎明何时到来?"
乌云把星光遮蔽——
那里还有谁看见白昼挥手召唤?

他们手握船桨出门,床铺空空,
母亲在祷告,
妻子守在门前;
一声离别的悲叹直冲天际,
黑暗中响起船长的声音:
"来吧,水手们,港湾的停泊已经结束!"

世间万般黑暗的罪恶已将堤岸冲垮,
桨手啊,请你们坐稳,
带着灵魂深处忧伤的祝福!
你们要怪罪谁,兄弟们?低下头来!
你我皆有罪。
年复一年,上帝心中不断积攒着热烈——
那弱者的怯懦,强者的傲慢,富足的贪婪,
枉者的怨恨,种族的自豪,
还有施之于人的侮辱——
以风暴之势肆虐开来,摧毁上帝的宁静。

让暴风雨把它的心击碎,
像一颗成熟的豆荚,化作惊雷响彻四方。
停止你虚张声势的责难与自夸吧,
带着额间默祷的宁静,
驶向那片无名的海岸。

每一日我们都在经历罪与恶,也经历死亡;
它们浮云般飞掠我们的世界,
用闪电一样转瞬即逝的笑声
把我们嘲弄。
它们突然停下来,变成一个神迹,
人们必须站在它们的面前说:
"我们不惧怕你,哦,恶魔!
因为每一日我们都在征服你,
我们将怀着这样的信念死去:和即真,善即真,真即永恒太一!"

假如不朽并未居于死亡深处,

假如快乐的智慧绽放时
并未冲破悲伤的叶鞘，
假如罪恶并未在自我揭示中消弭，
假如骄傲并未被沉重的勋章压垮，
那么希望从何而来，驱使这些人离开家园，
仿佛晨曦中赴死的群星？
难道烈士的鲜血和母亲的泪水
就该湮没在大地的尘埃中，
无法以其价值买下天堂？
而当人类冲破凡世的界限，
眼前所见不正是大千无垠？

85

失败者之歌

我站在路旁,主人吩咐我唱一曲失败之歌,

那是他暗自求爱的新娘。

她蒙上黑色的面纱,

不让人群窥见她的面容,

可她胸前的宝石却在黑暗中熠熠闪光。

她已被白昼抛弃,上帝的黑夜

正以燃亮的灯火和浸露的花朵等候她。

她双目低垂,默默无语;她把家园

抛在身后,家中传来一声风中的悲鸣。

而群星却哼唱着永恒的恋曲,献给一张

饱含羞愧与痛苦的甜蜜的面容。

孤独的房间张开大门,响起一声召唤,

幽会的时刻就要来临,

黑暗的心在敬畏中搏动着。

感恩

那些在骄傲的道路上行走的人们,

用双脚碾踏卑微的生命,

他们的足印让嫩绿的大地染上鲜血;

且让他们欢呼雀跃,感谢您,上帝,

因为胜利属于他们。

我却心怀感激,我的命运同那些受尽苦难、

载负强权的卑微者紧紧相连,

他们掩起面容,在黑暗中扼住啜泣。

他们每一次痛苦的抽搐

都在你幽秘的黑夜深处悸动,

他们饱受的每一次侮辱

都汇聚成你伟大的沉默。明天属于他们。

哦,朝阳升耀在流血的心上,

绽放出黎明的鲜花,

那炬火般骄傲的欢宴已化为灰烬。